침묵이 꽃으로 피기까지

임현옥 시집

시음사
시사랑음악사랑

 스마트폰으로 QR 코드를 스캔하거나 유튜브에서 시인 이름과
시 제목을 검색하시면 작품을 감상하실 수 있습니다.

제목 : 빈 의자
시낭송 : 박영애

제목 : 숨어 울던 장독대
시낭송 : 박영애

제목 : 칠십 년 만에 피는 봄
시낭송 : 최명자

제목 : 팔월의 비목
시낭송 : 박영애

제목 : 울보 공주
시낭송 : 박영애

제목 : 엄마의 슬픈 약속
시낭송 : 박영애

제목 : 어렸을 적에
시낭송 : 최명자

제목 : 다시 그릴 수 있다면
시낭송 : 박영애

제목 : 결혼기념일을
        맞는 딸에게
시낭송 : 박영애

시노래 : 봄은 여인의 젖가슴

시노래 : 내 사랑아

시노래 : 눈물속에 피운 꽃

시노래 : 내 인생의
        마지막 꽃

제목 : 침묵이 꽃으로 피기까지
시낭송 : 박영애

본문 시낭송 모음

영상은 YouTube 정책 또는 운영 관리에 따라 삭제될 수도 있습니다.

시인은 자연을 이야기하고 시낭송가는 자연을 품었다
글자는 날개를 달아 언어로 날고 소리는 자연에 눕는다

시인의 말

인생을 자랑할 만큼
삶을 멋지게
살아온 것은 아니지만
장애물 앞에서 주저앉던
시간들 또한
저에게는 큰 배움이 되었습니다

전하지 못한 말
끝내 다 하지 못한 인사
시간이 지나도 문득문득
되살아나는 그리움들이
제 안에서 시가 되었습니다

누군가의 하루가
조금 무거운 날
이 시 한 편이
잠시 숨 고를 자리가 된다면
그것으로 따뜻한 기쁨입니다

편안히 읽어 주신다면
그 마음을
오래 간직하겠습니다

시인 임현옥

☆ 목차

☆ 목차

외로움의 종착역

외로움이 연기처럼 스며드는 밤
오로지 한 사람의 그리움이
가슴의 열차에 올랐습니다

시계 소리마저 적막을 깨우는
커다란 한숨이 흩어져
지난여름날
하얗게 부서진
바다의 추억이
밤하늘 역을 지나갑니다

곧 닥쳐올 혼사를 앞두고
함께 나눌 수 없는 현실 앞에서
부러진 한쪽 날개가 아물기엔
너무나 짧은 정류장도 지났습니다

기쁨조차 혼자 삼켜야 하는
미안한 마음이 눈가로 촉촉이 젖어들어
이 밤 뒤척이고 맙니다
외로움이 내려야 할
종착역은 어디쯤일까요?

빈 의자

햇살 스며든 마루 끝
의자 하나
비와 바람에
세월을 묻은 채
조용히 기다린다

바람이 지나며
등을 토닥이고
저녁 햇살이 앉아
잠시 머물다 간 자리
누군가 웃으며 앉았고
도란도란
따스한 말을 나누던
이야기가 흐르던
그리움 스며든 자리

지금은
고요를 머금은 채
말하지 않아도
마음이 먼저 닿는
의자 하나
그 곁을 지날 때마다
가슴 한켠
차가운 바람이 스며든다
누군가를 기다리는
빈 의자 하나
그리움이
앉는 자리다.

제목 : 빈 의자
시낭송 : 박영애
스마트폰으로 QR 코드를 스캔하거나
유튜브에서 시인 이름과 시 제목을 검색하시면
작품을 감상하실 수 있습니다.

하루의 이름

새벽이
커튼 사이로
살며시 비집고 들어왔다
오랜만의 깊은 단잠 위로
빛 한 줄기 스며들어
나를 깨운다

방 안 가득
숨결처럼 번지는 공기
긴 어둠의 자락을 걷어내며
이슬은 가지 끝에
작은 떨림으로 앉아 있다

고요히 시작되는 하루
아직 아무 말도 걸지 않은 채
내 앞에 와 서 있다

이름 하나 불러주지 않았는데도
하루의 시작이
나는 고맙다.

노을이 지는 칸

어느 날부터인가
경로석을 찾는 나이가 되었다

그 자리는
세월이 먼저 앉아 있던 자리
삶이 등을 기댔던 자리

나도 이제
그 묵은 자리를 물려받을 나이가 되었나 싶어
잠시 창밖을 본다

붉은 노을이
창밖으로 흐르고
칸 안에는
말없이 늙어가는 마음 하나
지하철 레일 소리 위로
하루가
고요히 저문다.

겨울밤

겨울밤은 까맣게 깊어 가고
달마저 숨어버린 캄캄한 밤
어둠은 소리 없이
가슴으로 내려앉는다

희미한 가로등만이
외롭게 불 밝히는 인적 없는 길
검은 그림자 하나
찾으려 서성인다

그 누군가
보이지 않는 낯설음에
목이 메이고
잠시 걸음을 멈춘다

어둠은 스스로 다가와
모진 마음을 덮고
끝내 말하지 못한
숨 한 자락까지
차갑게 품어 안는다.

하얀 그리움

연회색 빛 사이로
새벽이 달려와
하얀 눈발 앞세워
아침을 흔들어 깨운다

밤사이 소리 없이 내린 눈
온 세상을 덮었다
누가 새벽을 밟았을까
길 떠난 자리에
하늘도 하얀 외로움으로 내려앉는다

붉은 태양은 찬란히
수평선 위로 떠올랐건만
아직 구름 속에 머물며
하얀 그리움만 풀어놓는다

얼마나
포근한 그리움이었을까
얼마나
안을 수 없는 두려움인가...

숨어 울던 장독대

오래 묵은 장항아리
뒤뜰 햇살 스치는 그 자리에
말없이 서 있었다

갓 시집온 새댁이
된장 뜨러 나왔다가
장독대 뒤에 몸을 숨기고
고향의 어린 동생들 생각에
눈물짓던 날

항아리는 그 모든 것을 들었다
울음을 삼키는 작은 어깨
가만히 떨던 치맛자락
한 번도 말하지 못한 외로움까지

세월은 흘러
장독대는 사라졌어도
오래 묵은 옛이야기들이
장항아리에 가득 담겨
그리움의 보석들로 빛난다.

제목 : 숨어 울던 장독대
시낭송 : 박영애

언덕 위에 억새

억새 풀 사이로
가을바람이 불었다
바람이 스칠 때마다
억새는 묵은 기억을 흔들었다

그리움을 풀어놓은 언덕 위
하얗게 흔들리던 그 모습에
나는 잠시 멈춰
추억을 바라보았다

투명한 가을빛 속으로
날아드는 과거 조각들
저만치 되돌아선 시간엔
그리움만 가득 실려 있었다.

고희

아침에 눈을 뜨니
칠십이라는 나이가
문 앞에 와
기다리고 있었다

하루하루는
언제
칠십을 만들어 놓았을까
십 년이면 강산이 변한다 했는데
강산은 일곱 번도 더
옷을 갈아입었을 터

그 사이
곁에 있던 사람 하나
말없이 자리를 비웠다
이런저런 생각이
아침 공기처럼
가슴에 스며든다

아이들은
저마다 잘 살아가고 있지만
대신해 줄 수 없는
빈 자리 하나

생일 아침이면
미역국을 끓여
아무 말 없이
아침상을 차려주던
그 사람의 손길

오늘은
국 냄새가 대신
기억으로 먼저
속을 데운다

칠십은
숫자가 아니라
비워진 자리까지
함께 안고 서 있는 나이다.

맡겨둔 인생

형형색색 고운 빛깔
가을이 다녀간 자리에
겨울이 조용히 마중 나왔다

가을바람이 뿌려 놓은 겨울은
보이지 않는 적막 속에
그리움으로 내려앉고
나는
환희를 얻고자
삶의 침묵을
거침없이 깨운다

엊그제 함께했던
수십 년의 인생은
하늘이 잠시 맡겨주었다가
거두어간
추억의 그림자였나

보고픔은 간절한 악몽 같은 것
그리움은
눈을 뜨고도
끝내 빠져나오지 못하는
한밤의 꿈이었다.

아쉬움

헤어져야 하는 아쉬움은
언제나 목적지에 먼저 도착해
그 자리에 머문다

조심해서
천천히 잘 가
내게서 떠났다고
자유다 싶어
달리지 말고…

늘 빠뜨리지 않는
건네는 인사

돌아서던 뒷모습을
밀러에 담은 채
가슴으로 내려앉는
심장의 소리

곁에 있고 싶은 욕심만
가득 안은 저녁
깜빡이로
마지막 인사를 건넨다.

칠십 년 만에 피는 봄

스마트폰으로 QR 코드를 스캔하거나
유튜브에서 시인 이름과 시 제목을 검색하시
작품을 감상하실 수 있습니다.

용서해라, 딸아
내가 어떻게 이런 딸을 만났을까
엄마의 마른 손이 내 손을 덮는 순간
닫혀 있던 세월이 미세하게 열렸다

나는 오래전에 용서했지만
그 말 한마디가
가슴 깊은 곳의 오래된 눈을 녹였다

딸이면서 어른이어야 했던 시간들
고향이 없던 긴 인생이
그 순간 조용히 뒤집혔다
눈물이 주르륵 흘렀다

칠십 년을 돌아
처음 듣는 말

사랑한다 그리고 고맙다

칠십 년 만에 찾아온 봄은
그 어느 때보다
눈부시게 따뜻했다.

제목 : 칠십 년 만에 피는 봄
시낭송 : 최명자
스마트폰으로 QR 코드를 스캔하거나
유튜브에서 시인 이름과 시 제목을 검색하시
작품을 감상하실 수 있습니다.

해는 서산에 지고

어둠은 마당 한켠으로 천천히 내려앉는다

하얗게 배웅 나온 달
가슴에 띄운 채
지난날 접어두었던
수많은 이야기들이
까만 밤하늘에 수를 놓는다

머뭇거리다 놓쳐버린 젊은 날
먼지 쌓인 앨범처럼
지워지지 않는 기억의 흔적들

끝내 지우지 못한 이름 하나
가슴 깊이 접어 둔 채
외로운 발걸음
저녁노을 속으로 스며든다.

미련없는 길

앙상한 가지에
봄기운 오르기도 전
바쁘게도
봄을 맞으러 떠나더니

꼭 일 년,
고이 잠든 얼굴로
괴로움과 근심 모두
조용히 덮고

뒷모습마저 감춘 채
고운 길 따라
피안의 길로 드셨습니다

봄은 아직 이곳에 머무는데
한발 먼저
봄을 맞으러 가듯

밤새 깊은 꿈을 건너
고요한 자리로
드셨습니다.

하얗게 새운 밤

잠들지 못한 긴 밤 위로
생각들이 눈발처럼 내려
마음을 덮습니다

창가에 걸린 새벽빛
잠 못 이룬 숨결을 어루만지고
지워지지 않는 이름 하나가
하얀 여백에 또렷이 남습니다

밤은
말없이 지나가고
나는 새벽의 가장자리에서
그리움을 밝힙니다.

남겨둔 흔적

시간이 덧입힌 한 장면이라면
기억은
마음이 끝내 놓지 못한 숨결이다

사진처럼 또렷한 날도 있고
어느 날은 안개처럼 스쳐
손에 잡히지 않기도 한다

기억은 문득 찾아와
추억을 건너
지금의 나를 두드린다

잊었다 말하던 그 자리에서
가장 먼저
나를 부르는 것은
마음이 남겨둔
흔적 때문이다.

팔월의 비목

팔월의 빗줄기가 멈추던 그날
신작로 위로
불볕더위 쏟아져 내렸다

길게 늘어진 가로수 길 따라
두 손에 나누던 분홍빛 약속
힘없이 놓아버린 당신의 숨결이
기억 저편으로 사라져 가고

못다 핀 한 떨기 세월 꽃
한결같이 피었다 진다 해도
가슴엔 당신의 향기로 가득합니다.

제목 : 팔월의 비목
시낭송 : 박영애
스마트폰으로 QR 코드를 스캔하거나
유튜브에서 시인 이름과 시 제목을 검색하시면
작품을 감상하실 수 있습니다.

울보 공주

온 동네 소문난 울보 공주 내 아기
어느새 그녀도 불혹의 나이가
훌쩍 넘었건만 아직은
내 눈에 아기인데

어미 인생 무게 나눠지고
아픈 가슴 어루만지며
너는 나를 꼭 닮은 붕어빵이구나

출산 며칠 앞두고 아비 병실 지키다
귀한 손녀 선물로 안겨주고
아비 하늘 향해 떠나던 날
애타게 부르던 너의 모습
아직도 생생하게 기억된다

삶의 희망이 보이지 않았을 때
어미 마음 보듬어준 울보 공주

이제는
엄마 곁에
보호자로 행복을 배달하는
너는 나의 수호천사야
사랑한다 울보 공주.

제목 : 울보 공주
시낭송 : 박영애
스마트폰으로 QR 코드를 스캔하거나
유튜브에서 시인 이름과 시 제목을 검색하시면
작품을 감상하실 수 있습니다.

엄마의 슬픈 약속

언제 올 거니 며칠날
손가락 걸며 시간 거래를 하자는 듯
작아진 엄마의 따뜻한 손
나뭇가지처럼 앙상하다

휠체어에 의지하고
들어가시며 두 손 흔들어
잘 가거라 꼭 오너라 애원하던
슬픈 눈동자
사랑한다는 말 조차 죄송했다

작아진 몸 하나
맘대로 할 수 없는 안타까움에
가슴이 저며오는 날
창문 밖은 가을이 성큼 와 있었다

엄마의 사랑도 가을로 가고
어미의 따뜻했던 가슴도 가을로 간다
정다웠던 시절도 세월에 묻혀
추억으로 읽히고
젖먹이 두고 오는 듯
돌아서는 발걸음이 유난히 무거웠다.

저길 끝에는

저 길 끝에는
언제나 당신이 걷고 있었습니다

희미한 안개 사이로
당신의 뒷모습이
나를 이끄는 빛이 되어
환한 미소로 밝히면
내 마음은
잔잔한 호수에
떠 있는 백조처럼 당신을 향해 미끄러지듯 나아갑니다

그곳이 나의 쉼이기에
행복이기에...

고향 찾아가는 길

푸근하기만 하던 내 고향,
이제는 따뜻하던 손길이
온기 없이 서서히 식어가지만
오늘 나는
고향 향해 길 위에 선다

바람 스치는 소리에도
엄마의 숨결이 들리는 듯하고,
창가에 앉아
못난 딸 기다릴 것 같은 모습이
가슴속에 자꾸 아른거린다

언제 올 거니 꼭 오너라
엄마를 향해
손 흔들어 답하고 돌아오는 길엔
휠체어에 앉힌 채 멀어지는 모습이
아직도
가슴을 짓누르고
안타까움만
한 걸음 또 한 걸음을
무겁기만 하다.

시골 내음

시골은
밤이
일찍 찾아와

까만 하늘 위
별들이
유난히 빛납니다

익숙하지 않은
시골 내음
간간이 들려오는
풀벌레 소리마저
더 정겹습니다

옛 추억
살며시 들춰내며
밤늦도록 이어지는 이야기들

그리움 되어
온 밤을
꼬박 새우고
아쉬운 시간들만
흘러갑니다

도심은 이미
새벽을 달려왔지만

칠흑 같은 밤
고개 숙인 가로등만
어둠을 밝히고

어디선가 울려오는
매미의 합창 소리

회색빛 여명이 다가와
하루의 영혼을 깨웁니다.

남원에서…

잃어버린 기다림

기다림은
내 옆에 오래 앉아 있었다
숨결만 남은 저녁마다
서로를 부르고 있었다

나는 자주
문을 향해 몸을 돌렸고
더 이상 오지 않을 시간을
묵묵히 바라보고 있었다

어느 날
의자를 하나 비워 둔 채
기다림은 먼저 일어나
나보다 앞서
저녁을 건너갔다

잊은 것도 아니고
포기한 것도 아닌데
사랑을 닮았던 기다림은
붉은 노을처럼
석양 길을 이미 넘어
돌아오지 않았다.

사랑아 내 사랑아

한때는
세상을 다 가진 듯
너를 품고 웃었고

한순간
모든 걸 잃은 듯
당신을 놓고 울었다

죽을 만큼 아리던 이별도
세월 따라 희미해져 가고
가슴 깊이 스며든 그리움은

사랑이었다는 걸
당신을 잃고서야
비로소 알게 되었다

문득문득
내 안에서 다시 부르는
당신의 이름

그럴 때마다
눈가에 고이 맺히는 눈물

사랑아 사랑아
내 사랑아!

석양에 피는 노을꽃

하늘 끝자락에 피는
석양 고운 꽃
붉은 숨결이 번집니다
오늘의 마지막 꽃
노을이 피어납니다

바람도 발걸음을 늦추고
새들도 날개를 접습니다
고요한 물결 위로
불빛이 한 잎 두 잎 내려앉을 때

누군가는 이 꽃을 보며
하루를 마무리하고
누군가는 이 꽃 속에
그리운 얼굴을 담습니다

밤이 오기 전
짧은 순간 피었다 지는
노을꽃
그 빛을 가슴에 담아
그대 곁으로 향해갑니다.

그 이름

그 사람의 이름은
이제 떠오르지 않는다

몇 번이나 입술 끝에서
되짚어 보았지만
끝내 기억에서 돌아오지 않았다

문득
해 질 무렵이면
골목 끝에 서 있던
그의 그림자가 먼저 생각난다

웃을 때
눈꼬리가 조금 접히던 것
괜히 아무 말 없이
함께 걷던 시간의 속도

이름은 잊혀졌지만
아직도 내 안에 머문다.

내 안의 오솔길

가지런히 접은 마음 한 자락
들풀 같은 그리움으로 묶어
기다림을 심어 두었습니다

바람도 머물다 스쳐 가고
달빛도 눈길만 주다 지나쳐도
나는 그 자리에 있습니다

오래전 발자국은 지워지고
소식마저 뜸한 날들 위로
그대 이름만 부서진 꽃잎처럼 흩어집니다

가야 할 길을 잃은 듯
돌아올 줄 모르는
그대를 위한 아니
나를 위한 기다림이었음을
뒤늦게야 압니다

오늘도
저물녘 하늘 바라보며
내 안의 오솔길을 정갈히 쓸며
그대를 기다립니다.

잠 못 드는 밤

모두 잠든 밤
나는 새벽이 눈뜬다

누군가 보고픔에
시간이 마음 안에서 멈출 때
새벽은 먼저 나를 부른다

마음은 이미
지난 계절의 문을 열고
돌아올 줄 모른다

곁을 떠난 뒤에야
남아 있는 것들이
더 소중함을 알기에 밤잠을 설친다.

간절

아무도 없는 길목에서
한 자락 바람을 붙잡고 선다
들꽃마저 잠든 저녁
달빛이 나뭇잎 사이로 스민다

말없이 걷던 그 숨결
잊힌 듯 살아도
가슴 한켠엔
늘 그대 머무는 자리

기다림은 말갛게 씻긴 하늘처럼
텅 빈 채 가슴을 맴돈다

올 리 없는 걸
이미 마음은 안다
그래도
그 길에 마음을 놓아둔다.

먼 훗날

저녁놀 물든 끝자락에
그대 이름 하나 떠오릅니다

마음 한켠에 피운
그리움 한 송이
가슴을 적십니다

소슬바람 지나간 자리엔
지난날 발자국 소리
가랑잎처럼 들려오고

눈을 감으면
도란도란 나눈 말들이
어느샌가 귓가에 맴돕니다

먼 훗날
이 모든 기억이
다 사라진다 해도
내 마음 깊은 곳
그대는 그리움으로
아른거리겠지요.

옛 빛 잃은 놀이터

물장구치며
송사리 떼 몰던 곳
엄마 치맛자락 붙들고
빨래터로 향하던 길

조그만 함지박 하나 이고
방망이와 비누 담아
쫄랑쫄랑 뒤를 따라나섰다

빨래터에는
여인들의 수다가
넓은 논으로 번져
물소리보다 더 높았다

이제
남한산성에서
성내천으로 흐르던
방망이 소리는 사라지고

하늘 높은 줄 모르던
수다와 웃음은
물에 씻겨
어디론가 흘러갔다

옛 빛을 잃은 성내천 물가에 서서
끝내 건너지 못한
세월을 더듬는다.

빗장

바람이 머무는 자리에
내 마음도 앉혔습니다

발끝으로 다가오는
고요한 햇살 한 줌
당신인 듯 싶어
눈을 감고 안아봅니다

날마다 저녁이면
들꽃 내음 머금은 바람 따라
당신 오는 길을
멍하니 바라봅니다

기다림은
언제나 온다는 믿음으로
빗장을 열어둡니다.

목로주점

추억이 눌어붙은
찌그러진 노란 주전자와 마주하고
목로주점 한켠에 홀로 앉아
올가을도 나는
잔잔한 기억을 따른다

가득 찼다 비워지는 잔처럼
인생도 그렇게 흘러와
기울일 때마다
구석구석 숨어 있던 과거가
탁자 위로 흘러내린다

가슴 저리게 아프던 일들은
어느새 무뎌졌고
달콤했던 사랑은
단물 빠진 껌처럼
빛을 잃었다

한 잔 술에 잠겨 오르는 기억들
세월은
빈 수레로 지나가지 않는다
희미한 불빛 아래
노란 주전자에 담겨 있던 날들이
하나둘 빠져나가고
그리움도 허허로움도
인생의 맛으로 익어간다

올가을도 이렇게 보낸다
곳간에 쌓아둔 기억을
천천히 꺼내 삼키며.

가슴 언저리

그리움은
가슴 어딘가로
천천히 스며드는
저녁빛처럼 노을이 집니다

오늘은
당신 생각으로
내 마음을 붉게 물들입니다

밀려드는 피로는
잘 견뎌내셨는지요
무심히 흐른 시간마저
말없이 견뎌낸
하루였습니다

칠월의 중턱
햇살마저 지친 듯
노을 한 자락만
창가에 머뭅니다

이 고요한 순간
잠시 모든 것을 내려놓고
당신을 바라보고 있는
밤하늘에 빛나는 별처럼

잔잔하고도
진한 여운이 당신 생각으로
오래 머물기를 바랍니다.

사랑 두 글자

매미 소리 멀어져 가고
새벽바람 스칠 때
제법 가을 냄새가 난다

어느 해 겨울
하얀 순박함으로 만나
붉게 사랑을 나누던 우리
너는 이제
가고 없다

기약 없는 약속을
바람에 맡긴 채
힘없이 스러져 간
너의 숨결

보고픔도 그리움도
추억으로 엮어 둔 기억들이
다시 그리움이 되어 넘치고

같은 길이 아님을 알기에
애타게 불러도
허공에 맴돌 뿐

그래도
함께했던 세월
사랑이라는 두 글자만은
변하지 않는다.

보험 깨지던 날

38년 동안
안전보험처럼
곁에 두고 살았다

가장 믿음직한
노후 보험이라
의심하지 않았다

이제
나를 보장해 줄
보험이 사라져갔다

따뜻했던 시간도
행복도
미움도
모두
한 통의 종합보험 안에
담겨 있었는데
만기도 없이
먼저 떠나버린
보험 하나...

화가가 되리

그리움을
붓으로 그릴 수 있다면
나는 화가가 되리

하얀 백지 위
오색으로 번져 가는
그리움

바람결에 일렁이는
구멍 난 가슴을
그리움으로 채우고

보고픔에 굶주린
애잔한 마음 하나
화폭의 귀퉁이에
남긴다

억새 피는 가을
황량한 가슴 위에
달콤한 색 한 점
덧칠하며

그릴수록
더 그리고 싶은 그리움
바람에 스친 미소 하나

빈 가슴에 내려앉아
먹물처럼 스며드는
그리움

낙엽 태우는
저녁의 냄새 속에서
감춰 두었던
속마음까지도.

가을병

정말 가을인가 보다
창밖은
거리마저 한산하다

나무도 갈 바람에 몸을 싣는다
추석을 앞둔 탓일까
골목이 유난히 쓸쓸하다
폭풍에 상처 난 나뭇잎만
이리저리 나뒹군다

어제 퍼붓던 장대비는
시침을 뚝 떼고
푸른 하늘에 구름을 안은 채
잔잔히 흘러간다

아, 또 가을인가 보다
갈 병이 돋는 걸 보면
한동안 가슴앓이로
온 세상 외로움을 껴안고
낙엽처럼 뒹굴며
아파하겠지.

육십 년 바람

가을은
깊어 갈수록 쓸쓸하고
고독하다

온 누리를 가득 채워도
빈 듯한 허전함이
논의 벼처럼 일렁인다

어느새
가을의 문은
이미 활짝 열려 있는데
고독의 그림자는
점점 짙어지고
스치듯 불어온
육십 년의 바람은
세상 시름까지
실어 나른다

사랑도
괴로움도
그리움까지 싣고
태풍에 돛단배처럼
잔잔한 숨결로 왔다가
거센 파도가 되어
인생을 실어 나른다

마음은 여전히
변한 것이 없는데.

가을이 오면

가을이 오면
덕수궁 돌담길을
걷고 싶다

토담 위에 걸터앉은 노을빛에
온몸을 담그고
해묵은 옛이야기들이
수북이 쌓여
가을이 여물 즈음
덕수궁 돌담길이 떠오른다

파란 하늘에
뭉게구름 하나 머금고
온갖 이야기를
그려낼 그곳

은행잎 카펫 위로
뒹구는 추억들
핑크빛으로 물들었던
사랑 하나

코발트빛 허공에
마음껏 풀어놓고
담장 너머로 던져버린
사랑의 한 조각

묵은 먼지 속에 뒹굴며
소리 없이 흐느끼는
옛이야기들을 안고
추억의 돌담길을
걷고 싶다

가을이 오면.

보고 싶어요

보고 싶어
한걸음에 달려가
만지려 해도
내민 손에 잡히는 것은 없다

눈 안에 담으려 하면
지나간 시간만
허공을 맴돌 뿐
창밖을 적시는 가을비가
바람을 안고
온몸을 휘감아 내린다

이른 아침
달려간 그곳
철없이 뛰노는 아가들은
액자 속에서
하얀 미소 짓는 그가
누군가 알기나 할까

허공을 향해 불러도
비 먹은 구름만
소리 없이 흘러간다

어디쯤일까
어느 만큼 가야
이 보고픔이
조금은 옅어질까

가을은
두 번이나
다시
여기까지 와 있는데.

내 인생의 가을

아침저녁
서늘한 바람이
큰 걸음으로
성큼, 가을을 몰고 옵니다

귀가 따가울 만큼
풀벌레가
새벽을 깨우더니
가을을 알리는 코스모스가
하나둘
바람을 탑니다

출근길
국화도 눈을 비비고
파란 하늘은
뭉게구름을 수놓아
한강으로
풍덩, 몸을 던집니다

가을은 낙엽의 계절
낙엽은 쓸쓸한 그리움
그리움은
옛 추억이라
말하고 싶습니다

뉘엿뉘엿
서쪽으로 넘는
가을 햇살 또한
붉은 노을로 잉태하고

내 인생도 이만큼쯤
와 있는 건 아닐까.

밤의 무게

무거운 하루를
품에 끌어안고
수평선 너머로
석양은 사라져간다

바다는
붉은 수정 흩뿌린 듯
보석 물결로 일렁이고
하늘은 노을에 젖어
하루를 내려 놓는다

해거름에 달려 나온
빛바랜 달 하나 서 있고
샛별도 쪼르르
마중 나온다

신작로에 어둠이 깔리면
가로등 하나둘 눈을 뜨고
그림자를 벗 삼아
걸음을 옮길 때

밤은
세월로 파고들어
바쁘게 돌던 하루가
잠시 숨을 고른다.

북한산 단풍

두터운 여벌 외투 하나
가방에 구겨 넣고
북한산 둘레길을 오르니
엊그제 내린 단풍이
바삭바삭
발자국을 불러 세운다

참으로 오랜만일세
이게 얼마 만이던가
아니, 몇 년 만인가

잠시
사는 일에 치여 살았다네
그래도 어찌
북한산, 자네를 잊겠나
우리 집 드나드는 이마다
늘 자네 안부를 묻는다네

오늘 참 반가우이
언제 보아도
변함없는 자네의 고운 단풍
그리워 이리 왔다네

묵묵히
기다려 주어
고맙네.

회상

개나리가 노닐다 간 자리에
영산홍이 곱게 물들었다
간밤에 불던 바람에
벚꽃은 홀연히 떠났는지
흔적조차 없다

연보랏빛 라일락
차 창문을
소리 없이 두드리고
팝콘 닮은 조팝을
울 엄만 늘
싸리나무라 고집하셨다

제3한강교 옆 담쟁이는
어느새 청년이 되어가고
길게 뻗은 신작로에
일출이 일렁일 즈음이면
나는 서서히
자동차 가속 페달을 밟는다

내 큰아가 시집가는
오월이 되면
향 짙은 아카시아도
피어나겠지.

친구들과 여행

설레는 가슴을 다독이며
여행길에 오른다
오랜만에 만나는
기차 여행

잠시
일상을 벗어 던지고 싶었다
오래도록
검은 때로 얼룩진 시간들
꼭꼭 묵혀 둔
내가 만든 틀 안의 삶

훌… 훌…
훠이훠이
털어내는 순간이다
회색빛 새벽이 달려와
나를 깨운다

청량리역 대합실
그곳에서 만난 두 여자
원주 영월 영주 부석사
어른이 언제였던가

우리는 어느새
십대 소녀
철부지 시절로 돌아가
하루가 아니라
한 시절을 다녀온 것 같다.

가을 여행

휴가 첫날, 길 위에서
안동 찜질방에서
첫 밤을 뉘우니
피곤한 몸과
마음은 가볍게 날았다

영주 부석사로 향하는 길
보슬비가 산길을 적시고
산 중턱 운무는
동양화처럼 하늘에 걸렸다

달리는 차 창 너머
풍경은 손에 잡히지 않고
눈과 마음만으로
담아야 했다

시간은 짧고
아름다움은
손에 넣을 수 없지만
그 순간의 여행은
가슴 한켠으로 스민다.

잊으리

플라타너스잎
내려앉는 신작로에
그리움이 뒹군다
추억 속 주인공은
손가락 약속은 잊었나

기다리다 지쳐
외로움으로 몸부림치지만
그 아픔조차 흐려져

어느 날,
마지막 낙엽이
지난 세월을 지우고
색 바랜 흰 빛으로 다가와도
그 또한 기꺼이 잊으리.

가을맞이

싱그럽던 여름이 저물면
나는 가을을 맞이하리

산과 들 골짜기에
타는 듯한 풀잎 내음
지쳐 쓰러진 푸른 잎 위로
서늘한 바람이 손끝으로 스치고

따스한 갈빛이 내려
억새 물결 사이로
춤추듯 흔들리는 가을

가슴에도 스며드는 햇살을
온몸으로 받아 안으며
풍요의 가을 속으로
나는 천천히 걸어 들어가리.

농장에서 생긴 일

배추가 김장할 만큼 풍성하다
두 포기 무를 솎아내니
이슬 묻은 풀잎이 옷자락을 스친다

이른 아침의 이슬은
보석보다 찬란하게 빛나고
코발트빛 하늘 아래
고추잠자리도 정겹다

마지막 가지를 딴 자리
갓씨를 다시 뿌렸다
쪽파는 땅을 뚫고 올라와
가느다란 얼굴을 내밀고

삭은 씨앗 하나가
큰 생명을 키운다

봄에 심은 땅콩도 주렁주렁
자연의 힘, 그 신비로움이
겸손하게 만든다

솎은 무청을 바구니 가득 안고
김치 익어가는 소리를 떠올리니
벌써 마음이 바빠진다.

구멍난 가슴

바위 틈새로 조잘대는 물소리에
가슴이 젖는다
살랑이는 억새 풀 움직임에도
눈가가 뜨거워진다

가슴앓이를 하는 게다
올가을은
고뇌로 물든 계절
폭풍처럼 휩쓸어 간
세월이 훑어 간 자리

시월의 끝자락,
구멍 난 가슴을 끌어안고
쓰다듬고 또 쓰다듬는다

아린 마음 하나
삭이지 못해도
그 또한
세월 속에 묻혀 가리라

마지막 월요일
시월의 끝자락에 서서.

가을비 내리는 날에

가을비가 촉촉이 내리는 날
따뜻한 커피 한 잔이 생각나
가을을 불러 마주한다

향 짙은 커피 위에
세상 이야기를 내려놓고
창문에 맺힌
수정 같은 물방울을 헤아리며
한 방울 두 방울 엮는다

미래 올 노년
외롭지 않을까
그리움은 또 얼마나 깊을까
추억의 보석함에 담아두고

빛나는 옛 향기 하나
커피 한 잔 속에 스미면
오늘도 나는
외롭지 않다.

오랜 인연

고객으로 만나
이십 년을 훌쩍 건너온 인연
잠시 스친 인연은 많았으나
오래 남는 이름은 드물다

비바람 지나도
뿌리 내린 우정 하나
때로는 벗으로
때로는 삶을 일깨우는 선배로
늘 그 자리에서
흔들림 없던 마음

초심 그대로인 그 변함이
오늘 유난히 빛난다

세월이 흘러
기억마저 희미해질 때
빈 가슴 채워 줄
마지막 비상식량처럼

남겨 두고 싶은
우리의 우정

행주산성에서
함께 숨 고르며
적어 본 하루였다.

대화가 그리운 날에

따뜻한 차 마주하고
창 넓은 찻집
아니 구석진 곳이라도 좋다

대화가 그립다
딱히 누구를
부르고 싶은 건 아니지만
지금의 나는 대화가 고프다

내 이야길 달게 들어주고
따뜻한 차를 나눠 마시며
깔깔깔 소리 내어 웃다가
눈물 한 방울
커피잔에 뚝
떨어져 마음 들켜도 좋으니
대화가 그립다

날씨가 구질해
바깥세상이 차단되더라도
김이 모락모락 피어나는
오붓한 분위기 속에서
진주처럼 엮어 가는
그런 대화가
그립다.

쓴 커피 한잔

바람이
창문을 스치고
노르스름 단풍이
조용히 익어간다

유리 탁자 위
헤즐럿 커피 한 잔
식어가는 김 사이로
어제의 억새가 흔들린다

초등 시절을 함께 건넌
그녀가 나를 찾았다
아들 둘을 키워
세상에 내보내고
잘 살았다 믿었다

행복은
늘 그만큼의 그림자를
데려오는지
큰아들은
돌아오지 못할 길에
발을 들였다

코스모스 앞에서 웃고
억새밭에서 포즈를 취하던 시간은
전화 한 통에
허공으로 흩어져갔고
아파하는 그녀의 손을 잡고
아무 말도 하지 못했다

말보다 침묵이
더 무거운 날이어서
가을은 익어가는데
그녀의 마음도
예쁜 빛으로 물들기를
멀어지는 뒷모습에
기도처럼 넘겨본다

친구야
아프려거든
조금만 아파하라고

그날
커피가 이렇게
쓴 줄은
처음 알았다.

인생 휴게소

피할 수 없는
하얀 사각의 틀 앞에
두 번째로
그의 몸을 맡긴다

잠시 쉬어 가자
도착지로 가기 위해
반드시 지나야 할 곳
병마의 터널 앞에서
분노와 서러움도
잠시 내려놓는다

겸손하라
교만하지 말라
말없이 일러주는 벽 앞에서
부정도 회피도 없이
바라보며 서 있다

오지 않은 일 앞에
미리 두려워하지 말고
외로움에 앞서
무너지지 말자

마음의 창을 열어
초조를 놓고
지금은
쉬어 가는 중이라
스스로에게 말한다

여기가
인생의 휴게소라 여기며.

바다는 떠나지 않았다

비릿한 바다 내음
바람을 타고
귀밑머리를 스친다
갈매기 머물다 간 자리

붉은 석양은
산 너머로
천천히 물러나고
어디선가
물새 소리만
밤을 재촉한다

창공을 가르던
흰 갈매기마저
사라진 적막

외로움에 지친
가여운 영혼 하나
모래사장에 주저앉아
소라의 이야기를 더듬는다

외로움은
폭풍처럼 밀려와
가슴에 눕는다

팔짱 낀 사이로
얼굴을 묻고
하얗게 지새운 밤
어제 산을 넘던 태양이
오늘은
수평선에서 오른다

밤새
바다는
떠나지 않았다.

뻐꾹나리

야생에서 만나는
귀한 이름 하나
뻐꾹나리

이른 새벽
안개 낀 고속도로를 달려
쉽지 않은 너를 찾아
숲을 찾아든다

시간은
바람처럼 흘러가고
내가 숨 쉴 수 있는
유일한 공간
사각의 앵글 안

작은 프레임 속에서
너를 만나는 동안
생각은 모두
자리를 비운다

힘들지만
힘들지 않은 즐거움
그 고요한 순간마다
세월은 늘
나의 편이 된다.

결국은 돌아선 뒷모습

아픔을 앓는 그 곁에서
나는 시간의 병을 함께 앓았다

통증을 나눠 들고
하루를 건너던
그 긴 계절들

그가 숨이 가빠질수록
나의 기도는 간절했다
병 앞에서
우리는 서로의 시간을
대신 살아주었다

견딘 것이 아니라
사랑으로 버텼던 날들
결국 돌아서는 뒷모습으로
오래도록 아픈
나의 하루가 되었다.

새봄

빗방울을 촉촉이 머금고
눈물처럼 흘러내린다

옷이 젖을 만큼 내리고
봄나물이 자랄 만큼 내린다
내일이면
손톱만 하던 두릅이
손가락 마디만큼은
자라 있겠지

아파트 안
아기 산수유가 노랗게 피었다
작년 가을
빨갛게 맺혔던 열매가
아직 남아
꽃과 함께 어우러져 있다

자연은
물들이지 않아도
붓을 들지 않아도
무엇보다 아름답다

얼음을 뚫고 올라온
이른 꽃은
작고 연약한데도
당당하고 앙증맞다

자연의 신비 앞에
감탄은 늘 모자란다
현관 앞 제비꽃이
출근하는 나를 반긴다

진한 고깔모자 쓰고
말없이 말한다
이고, 진
인생의 무게
잠시 내려놓으라고.

가을을 밟다

일 끝난 시간
운동화 가볍게 신고
검덕산을 오른다

길 하나 사이로
우장산과 검덕산이
나뉘어 있지만
마을 사람들에겐
두 곳 모두
우장산이다

어둠은 벌써
마중 나와
가로등 불빛만이
길이 된다

가을 밤하늘은
지난여름
휴가지에서 보았던
빛 머금은 모래알처럼
밤하늘에
보석을 수놓는다

등줄기를 따라
땀이 흐르고
인적 드문 늦은 저녁
몇몇 운동 나온 사람들이
바람처럼 스쳐 간다

공원 벤치에 앉자
솔바람이
어깨 위에 내려앉는다
희미한 가로등 아래
가을은 먼저 와 있었다

서늘한 바람이
온몸을 휘감고
텅 빈 가슴속까지
가을이 스며든다.

이사하는 날

연회색 새벽이
아침을 향해 달려오면
날이 밝는 여섯 시쯤
나는 일어날 것이다

며칠을 걸려 싸 두었던
이삿짐
시월 열이튿날
그것들을 데리고
새집으로 옮겨 갈 것이다

새벽이 회색빛을 뚫고
다시 달려오면
며칠을 마켓을 오가며
가구와 새살림 사 모았던
설레는 마음으로
일찍 일어날 것이다

묵은 것은 다 버리고 가라는
시집간 큰애 말처럼
마음의 부자를 품고
여명이 눈을 뜰 즈음
나는 일어날 것이다.

마지막 그림

마음에 꼭 들지는 않지만
내 인생의
마지막 그림일지도 모른다

엇비슷하게라도
그려 놓은 것을
들여다본다

어디
삶의 붓이라는 것이
내 뜻대로
움직이던가

번져버린 색도 있고
삐뚤어진 선도 있지만

몸과 마음이
잠시 기댈 수 있는
작은 공간 하나도
그려 넣었다

여기저기 부딪혀
상처 난 몸일지라도
그 흔적까지 품은 채

완벽하지 않아도
끝까지 그려냈다는 것
그것이면
충분하다고
스스로를 다독이며
붓을 내려놓는다.

우장산의 밤

가로등 아래
낙엽이 나비처럼
팔랑이며 길에 내려앉는다

가을이
문턱을 넘는 소리
일그러진 달 하나
구름 속으로
말 없이 스며들고
우장산의 밤은
선선한 바람으로
계절이 지난다

길어진 여름
옷을 적시던 땀
말 많던 더위도
갈색 잎으로 남아
발 아래
먼저 와 있는 가을

하늘은 구름 속으로 흐르고
바다는 쪽빛으로
들녘은
황금빛으로 숨 쉰다

오솔길을 택해
기억을 더듬어 걸었다
외로움은
곁에 두고도 외롭다.

별꽃

잔잔한 은하수처럼
발아래 하얗게 웃던 것들
대수롭지 않게
세월을 건너왔을 아이

아주 작은 별 하나가
유독 눈에 밟힌다
별을 닮아
별꽃이라 불렸을까
보려 하지 않으면
보이지 않을 존재가
나를 부른다

고개 숙인 채
하얗게 웃던 얼굴
세월은 아이에게
하얀 옷을 입히고
별을 닮았으되
별을 바라보지 못한 채
말없이 고개 숙인다

활짝 웃던 아이가
뾰로통해 있다
가는 세월이
그에게도
아쉬운 모양이다.

친구야

친구야
아프지 마라

네가 곁에 있지 않아도
매일같이 만나지 못해도
아주 멀리 있어
그저 생각만 해도
살아갈 이유가 되는
친구야

힘들고 괴로울 때
너를 떠올리기만 해도
인생의 무게까지
함께 나눠 가진 듯
새털처럼 가벼운 마음으로
날개를 퍼득인다

친구
그 이름만 들어도
푸근해져
입가에 미소를 그려내는
화가가 되고
따뜻한 온기를 전하는
집배원이 되는
어릴 적 우정을 주고받은
우리는 친구다

친구야
아프지 마라
네가 있어
외로움을 잊고 사는 힘이 되고
해묵은 우정들이
차곡차곡 쌓여
추억의 자산이 된다.

시월의 끝자락

시월의 마지막 날
행주공원은
이용의 잊혀진 계절이
색소폰 소리로 가득 울려
퍼졌다
그 어떤 날보다 그곳은
운치 있는 날이다

세월빛에 흠뻑 젖은 아이가
쪼르르 달려와
내 겨드랑이에 손을 넣으며 말한다
중년을 맞는다며
손가락을 하나씩 꼽는다
예전에 그 누구처럼

강물은 유유히 흘러
은빛으로 반짝이고
파란 하늘의 뭉게구름을
고스란히 담아낸다
갈대와 억새는
가을 풍경을 멋지게 그려낸다.

추억의 이름

창문을 살며시 열자
눈이 펑펑 내려
어제는 이미 지워지고
오늘이 쌓이고 있다

잠은
창밖으로 달아나
세상을 흔들어 깨운다
가슴이 뛰었다
환갑도 진갑이
눈과 함께 내린다

첫눈 오면
교정 플라타너스 아래서
만나자 손가락 걸던 한 사람
첫눈 오는 해마다
생각 주머니를 흔드는
지워지지 않는 이름

추억의 그 이름
아직 첫눈처럼
내릴 자리가 있다.

마지막 한 장

눈 한번 감았다 뜨면
일 년이 바람처럼 지난다

아침인가 싶으면
땅거미를 데리고
집으로 향하는 발걸음
주름 접힌 세월 속에
한 해가 저문다

덜렁 남은
마지막 한 장의 달력
오 헨리의
마지막 잎새가 번뜩인다

거센 바람에도
나무에 매달린 잎의 생애
끝내 낙엽이 되듯
일 년은
수많은 이야기들을 끌어안고
무게에 지쳐
한 장씩
떨어져 갔다

한 아름의 행복과
고뇌의 시간
외로움 속에서
버리고 쌓아 올린 것들
모두 허상임을 안다

지금껏 살아온 인생
마음 다독여
불어나는 숫자에는
연연하지 않는다.

아가를 보내며

막내 부부가
출국했다
쌍둥이 막내는
큰형부의 건강을 걱정하며
탑승구를 빠져나갔다

잠시
이곳에 머물렀을 뿐
덴버가 삶의 자리인 그들은
우리를 두고 날아갔다

아직도
내게는
가슴 아픈 아가들
나는 시집오기 전까지
막내를
아가라 불렀다

난
아빠라는 단어를 불러본 기억이 없어
말하던 말이 가슴 아프다
네 살에
아버지를 떠나보내고
언니 오빠들 틈에서
숨을 죽여 자란 아이
생활 전선에 나선
엄마를
문밖에서 기다리던 아이

그 아이를 두고
시집와
밤새 울던 기억이
떠난 자리에
지난 시간처럼
겹겹이 쌓인다

보내는 마음은
떠나온 마음보다
더 아프다 했던가
이건
내가 만들어낸
개똥철학이다

큰언니
큰누나라는
맏이의 자리는
결코 쉽지 않았다

아주 작았던 아이
내 품에 자란 자식 같은 막내
오늘 저녁 우리를 뒤로하고
덴버로 떠났다.

혼자 가는 길

벗놀이로
도로는 멈춰 섰지만
그래도 좋았다

개나리 흐드러진 길
튀밥 닮은 조팝나무가
봄을 재촉하고
수양벚꽃
수예처럼 매달린 빛
유리 장식이 바람에 흔들린다

윤중로
국회의사당 둘러싼 벚나무들
톡 톡
꽃 피우는 소리로 분주하다
엊그제
앉은뱅이 들꽃에 반해
덜 녹은 얼음 위
미끄러진 무릎의 상처
영광이라 적어 둔다

풀 한 포기에도
이름이 있다는 말
자연은 만날수록
깊어지고

셔터 한 번에
외로움 한 줌이 덜어져
나는
안양천 둑방에
하얗게 켜진 봄 앞에서
웃는다.

엄마와 벚꽃

의자 뒤로 몸을 뉘었다
오랜만에 맞는 파란 하늘,
하얀 구름이 느릿느릿 떠간다

작년에도 엄마를 모시고 왔던 곳
올해는 지나가는 길에 잠시 들렀다
혼자였다면
엄마는 서운했을 것이다

엄마는 조팝나무꽃을
끝끝내 싸리나무라 우기셨고
겹벚꽃도 어릴 적부터
겹사쿠라라 하셨다
아빠 계실 때까지
일본어로 속삭이던 목소리
아직도 귀에 맴돈다

쉽게 볼 수 있는 꽃이라
봄이 되면 엄마와 함께했던
벚꽃길이 생각난다

봄빛은 완연했고
파란 하늘빛에 풍덩 담긴 벚꽃은
유난히 붉게 빛났다.

이슬에 피는 미소

동쪽 하늘로
태양이 붉게 올랐다
물안개가 아지랑이처럼
모락모락 피어오르는
이른 아침

외지에서 만난 자연의 장관
오늘 나만 볼 수 있는 특권이다
새벽바람 헤치고 달려온 이에게
주어진 선물
물 가장자리 잡초 옷에
물방울 보석이 주렁주렁
태양빛에 영롱하게 빛난다

길가의 이름 모를 풀에도
이슬은 꽃처럼 피어나
자연이 만든 작은 미소로 태어난다

오늘 예쁜 아이들을 많이 담지는 못했지만
남아 있는 바람과 빛 속에서
자연이 준 더 값진 희망을 담았다.

빈자리

채워야 할 자리가 비었다
허전한 거실
아가들의 웃음이 자지러진다
그 소리에 맞춰야 내 입가에도 웃음이 찾아온다

그것이 살아가는 힘 아닐까
카메라를 목에 걸고 살금살금 나왔다

가족은 거실을 뒹굴고
블라인드 사이로 여명이
눈을 떴지만 아직 한밤중

젊음은 남아 있는 여백이고
늙음은 그리다 지친 화가는 더 그려낼 것이 없다

검붉은 태양은 수평선 위로 웅장하게 잉태되고
바다는 은빛을 실어
하얀 모래밭으로 달려와
조약돌을 적시고 돌아간다

인적 없는 해변
외로운 발자국만이
뒤를 따른다.

마음의 온기

붉은 옷은 꿈에도 생각 못 했고
집 밖 발걸음은 조심스러웠다

미소는 마음속에 숨겨두고
노래조차 내기 어려웠던 시간
찾아오는 친구만 반기고
스스로를 가두며 일 년을 흘려보냈다

이제
조심스레 마음 문을 열고
차가웠던 시간에 온기를 불어넣는다

아이들과 걷는 영혼 없는 시간들
크게만 느껴지는 빈자리를 버리고
어린아이처럼 첫발을 딛는다

아침고요수목원으로 향하는
한 걸음이
잃어버린 내 마음을 데운다.

당신에게 가는 길

당신
참 좋은 계절에 태어나셨네요
춥지도 덥지도 않은
가을걷이 끝난 들녘
노젓가락 풍성한 때에

어머님 제를 지내고 나면
다음 날이 당신 생일이었죠
당신은 해마다 빠지지 않고
말씀하셨어요
맛있는 거 많이 먹으라구
막내 아들 생각하신 날이라구
오늘은 그 말이
뼈저리게 느껴집니다

오늘
당신에게 가는 길
단풍이 불빛처럼 눈에 들어오고
추수 끝난 들녘은
조용히 겨울을 준비하고 있네요

당신 없이 치른 어머님 제
식구들이 다 모여
잘 지냈다고 전합니다

당신의 빈자리
앞으로 어떻게 해야 할지
당신 저에게 잘 못한 거 많아요
조상 제사며 지수 시집 보내는 일까지

나에게 떠맡기고
미안해할 거죠
정말 잘못한 거죠?

여든셋의 인생

약봉지를 한 아름 안고
매일 한 움큼을 밥 먹듯 삼켜야 하는 삶
때로는 입맛이 없어 뜨는 둥 마는 둥
돌아오는 차 안에서
계속 토해 내시던 모습
그 안타까움은
내 마음만 대신 채워야 했다

엄마와의 약속은
전화기는 불이 난다
어디쯤인가 확인하는 목소리
어린아이처럼 보채신다

포천 고모리에 가면
욕쟁이 할머니 두부집을
무척 좋아하신다
시래기 밥상에 반찬 십여 가지
시골스럽고
봄이면 강남 가던 제비도
가족 되어 머물다 가는 곳
번호표 받고 기다리는 재미도 있다

특별한 맛은 없지만
같은 세대 할머니가 운영하고
함께 늙어가는 마음이 있어 좋아하신다
엄마의 환한 미소는
아기를 닮았다

돌아오는 도로에 보이는 미래
엄마가 걷고 있는 길을
나도 걷고 있음을 안다
집으로 돌아오는 속도만큼
빠르게 흘러가는 인생길

엄마!
대답해 줄 엄마가 있어
고맙다.

어쩌시려고

삼십칠 년
청실홍실 엮어 마음에 오롯이 안으시고
숨소리 소록소록, 주무시듯
자연을 벗 삼아
홀연히 가시었네

그 길
꿈길이라 하셨나요
꽃길이라 하셨나요

거실 벽 한쪽
옥수수 씨앗은
어쩌시려고 걸어 놓으셨나요

삼십칠 년
고운 추억 차곡차곡 엮어
추억만 남겨두고
한 걸음 먼저 가셨네

그 길
꿈길이라 하셨던가요
비단길이라 하셨나요

님이 비춘 밝은 빛 따라
막내 손 놓지 못하고 가신 그날
하늘도 울었습니다

층계 귀퉁이에
타시던 자전거는
어쩌시려고...

인사동 늦은 밤

토요일 밤
아이들 따라 인사동 거리를 걷는다

불 꺼진 가게 사이로
애절한 노래가 흘러나오고
옛 물건들이 발길을 잡는다

유리구슬 딱지 달고나
사라진 오십 년 전 기억들이
순간순간 나를 시간에 머물게 한다
아이들의 눈에는 낯선 것들이
내게는 정겹다

소문난 옥수수 호떡
지글지글 구워낸 후식에
그들은 즐거움 가득
나는 무거운 몸을 이끌며
혹시 내려놓을 곳을 찾는다

불과 한 달 전 잃어버린 숨결을
웃음과 바꾸기엔
아직은 시기상조
세월이 흘러야 묻혀버릴 것이다

간간이 내리는 빗방울이
거리를 적시고
이미 넘어간 태양을 아쉬워하며
적막한 밤을 견디기보다
도심의 빛 속으로 달려가 보지.

봄을 캐던 추억

나물 캐러
바구니를 옆구리에 끼고서
달래, 냉이, 씀바귀
봄을 하나씩 캐던 노래가
아직도 귓가에 남아 있다

어릴 적
친구들과 소쿠리를 들고
쑥과 냉이를 찾아
옹기종기 쪼그리고 앉았던 들판

쑥 반 검불 반
그래도 소쿠리는 어느새 가득 차고
집으로 돌아오면
엄마는
흙 묻은 봄을 다듬어
된장 풀어 쑥국을 끓여
상 위에 올려놓으셨다

잠자리에 누우면
천장 가득
낮에 캐던 쑥잎들이 흔들리고
그날의 봄은
꿈속까지 따라왔다

이제는
흘러간 추억이 되었지만
봄이 오면
그 시절 푸른 하늘 아래서
다시 태어난 풍경처럼
나물 캐던 추억들이 먼저 소식을 전하다.

지금 그가 그립다

톡톡 봄꽃이 터진다
창밖엔 한 송이 두 송이
하얗게 터지는 벚꽃들의 환희

커피 한 잔을 앞에 두고
창으로 드는 그리움을 낚는다
봄 햇살이 유난히 따뜻하다

담장 너머로 피운 벚이
참 곱다
꽃이 고우면 늙었다는데
이쁘다 좋다 말 없던 그가
꽃이 예쁘다 말했다
그도
꽃이 예쁜 줄 알았었다

커피가 다 식어간다
꽃은 아직 고운데
지금
나는
그가 그립다.

기다림의 미학

새벽바람을 가르며
달리는 길
초여름의 공기는 아직 쌀쌀하다
보내야 할 계절이
미처 떠나지 못해
머뭇거리는 것일까

가버린 그림자 뒤에 남아
돌아서며
가녀린 어깨 위로
세월이 내려앉는다

이미 흩어진 추억을
주워 담으려
애쓰지 않으려는 여인
그녀는 오늘도
허기진 가방을 채우고
잠들어 있던 미소 하나까시
깨워 챙긴다

몰두한다는 것은
한 곳을 향한다는 것은
때로
자신을 잊어도 좋다

겨냥
기다림의 미학
그것은
운명처럼 맞춰진
하나의 초점이다.

인고의 퍼즐

일찍 해를 거두자
땅거미가 골목에 내려앉고
가로등 아래
발걸음들은 분주하다

가족을 향한 자동차 불빛이
어둠을 깨고 지난다

아이 들여보내고
홀 안의 음악도 잠재운다
아무도 찾지 않는
시간 지난 찻집
집기들조차
몸을 쉬게 하는 시각

밤이 짙어갈수록
구석진 탁자에 앉아
꼬깃꼬깃 구겨진
인생을 더듬는다

혼자라는 의미를 두지 말자
조각조각 부서진 삶은
인고의 퍼즐을 맞춰가는 시간
마주한 벽시계가
화들짝 놀라
나를 깨운다

오월의 골목 바람
간판이 날아갈 듯 세차다
한쪽을 고정하고
바람 등에 업은 채
몸 가릴 곳을 향한다
터덜터덜.

풍납동 뚝방길

학교가 끝나면
나는 늘 달렸다

코스모스 만발한
그 길을 먼저 걸어야
하루가 숨을 쉬었으니까
집으로 돌아가면
심부름이 기다리고
다섯 명의 동생들이
내 몫처럼 매달려 있었으니까

갈래머리 여학생
머리에 꽃 한 송이 꽂고
과거도 미래도 잊고
철없는 아이가 되어
뚝방길을 걸었다

열여덟은
불타기보다
버티는 나이였고
코스모스는
아무 말 없이
내 이야기를 들어주던
유일한 친구였다

친구야
그 시절 나를
무거운 짐을 덜어주던
내 가을 친구야.

봄이여, 오소서

그대 오시는 길목
나뭇가지마다
연둣빛으로 물들이고
봄바람 앞세워
찬바람 거기 두고
봄이여 오소서

앙상한 가지마다
고운 빛으로
꽃바람 앞세워
겨울은 거기 두고
봄이여 오소서

흰 목련 꽃 피울 때
개나리 진달래
서로 동무 삼아
버들강아지 눈뜨게
봄바람 타고 오소서

오는 길에 혹여
길 잃은 사랑 있거든
설레는 가슴
핑크빛으로 물들게
벚꽃 안고
그대여 어서 오소서…

가을의 뒤안길에서

돌돌돌
소리에 놀라
뒤돌아보니
비 맞은 단풍이
바람의 결을 타고
내 뒤를 따라왔다

길 위는
오색 단풍으로
이미 가득하다
겨울의 문이
열렸나 보다

저만치서
찬바람이
달려오고 있었다
따뜻한 차 한 잔 들고
벗에게 다가간다

변함없이
사계절을
멋지게 그려내는
마지막 이별을 앞둔
벚나무와
다시 마주 선다

오렌지빛 단풍으로
가을을 전하던 그가
파르르 떨며
쓸쓸한
가을의 뒤안길을
서성인다

지난날들이
아쉬운가 보다
찬란했던
내 인생의
젊은 날들처럼.

여보게 친구

십 년이면
강산이 변한다는데
우린
두 번의 강산을 건너
이제라도 마주하니
얼마나 다행한 일인가

세월 흐름 사이로
주름진 얼굴
검은 머리엔
말없이 눈이 내렸지

사위와 며느리
손주 하나 품에 안고
할아버지 할미가 되었어도
제2의 삶을 받았으니
이만하면
복 많은 인생 아닌가

기억은 희미해지고
짐은 무거워지니
이제는
내려놓을 줄도 배우며
웃으며 살다 가세

두 발로 걷고
맛을 알고
하늘 아래 살아 있음이
감사한 날들이 아닌가

친구
이렇게 살아
다시 만났다는 것

그 하나로
얼마나
반가운 일인가.

하루를 접으며

빌딩 숲 사이로
어둠이 내리자
가로등 불빛이 살며시
탁자 위로 찾아든다

따뜻한 차 한잔은
늘 내 친구

낮에 고객들이 두고 간
무지갯빛 이야기가
카페에 가득하다

오색찬란한 소설을 쓰다
아무런 해결책 없이
자리를 떠난다

그들이 남기고 간 이야기들이
생각나 머금었던 미소가
입가로 흐른다

출근길에 하나둘 주워 모아 둔
모과 향이 코끝에 매달리는 밤

싸늘하게 식어 가는 찻잔에
차가운 바람이 분다.

어머니 빈 그릇

여름을 화려하게
장식하던 넝쿨장미가
간밤에 내린 비에
바닥을 붉게 물들였다

어제부터 푹 삶은 갈비찜
보자기에 곱게 싸
오늘도
남양주로 향한다

튼튼했던 이는
모두 세월에 양보하고
조금만 단단하다 싶으면
수저를 슬그머니 내려놓으신다

좋아하시던 음식도 뒤로 하고
물렁하다 싶을 때
겨우 한술 뜨는
어머니의 하루 식사

비가 오려는지
하늘은 산허리까지
내려앉아 있고
푸르름은 한여름인데
어머님의 청춘은 이미
겨울 문 앞에 서 계신다

오늘은
비워진 그릇이
보고 싶다.

취미 하나

나이 들어
취미 하나쯤 있으면
그것은 곧 건강과도 직결되고
잃어버린 나를 다시 찾아오는 길이 된다

아직 무엇을 취미로 삼을지
망설이는 분들에게
꼭 권하고 싶다
카메라와 글과 함께 곁들이면
새로운 자신을 발견하게 될 것이다

어떤 일에 몰두한다는 것은
젊었을 때 쓰던 머리를 다시 쓰는 일이고
가장 무섭다 하는 치매를
비켜 가게 하는 힘이 된다

좋은 취미로
뉘엿뉘엿 넘어가는
인생의 노을을
가슴에 곱게 담아내는 일이다.

그날

꽃이 피어도
예쁜 줄 모르던 당신
어느 날
하얗게 핀 철쭉이 예쁘다며
송곳니를 드러내고
아이처럼 웃던 당신

그 웃음이
내 세상의 마지막 빛이 될 줄도 모르고
나는 따라 웃었습니다

하얀 꽃 속에 묻혀
꽃이 되어 피어난 당신 앞에서
소리 없이
무너져 울었습니다

그날
세상은 그대로인데
내 하루만
영영 멈춘 날이었습니다.

가슴으로 낳은 아들

명절이나 제삿날에나 얼굴을 보던 아이가
일 핑계로 올라온다 했다

보름 전 대천에서
하룻밤 함께 보내고도
아이들은 또 오빠 온다고
집안이 들썩였다

겸사겸사라 했지만
굳이 어버이날을 택했을 것을
나는 안다
슬그머니 건네는
용돈 봉투 하나
조카에게도
맛있는 것 사주라며
삼촌 노릇을 한다

많고 적음이 아니다
크고 작음도 아니다
마음으로 전해지는
이 두둑함을
새벽닭이 울 때까지
도란도란
이야기꽃을 피웠다

몸으로 와서
마음을 두고 간 아들
나는
보호만 했을 뿐인데
행복만 했을 리 없는
그 시간들

너도 덮고
나도 덮고
보호자가 되어 버텨온 세월이
어느새
힘들었던 기억을 덮고
황금처럼 돌아오고 있었다.

추억 한 바구니

머무는 자리마다
시간이 멈춰 서 있다
연고 없는 강서 마을에
내려놓고는

익숙해질 즈음
우장산 나무에
추억 한 바구니 걸어 두고
산책길 오갈 때 꺼내 보라며
그리움을 남기고
과거로 흘러가 버렸다

어른 키만 한 항아리에
탈곡해 부어 두었던
쌀알 숫자만큼
그리움도
차곡차곡 쌓여 있다

자전거 뒷자리에 태우고
논두렁 밭두렁을 달리던
그 페달 수만큼
과거를 향해 달려도
지워지지 않는
추억들로 가득히
그려놓고 후 울 쩍....

기다림은 떠나지 않았다

기차가 소리치며
플랫폼을 떠났다

친구를 싣고
아빠를 싣고
사랑하는 사람을 싣고

멀어지는 뒷모습
보이지 않을 때까지
나는 그 자리에 서 있었다

혹여
꽃이 피면 오려나
단풍이 들고
눈 오는 날에 오려나
계절은 여러 번
플랫폼을 지나갔어도
나는 여전히
같은 자리에 서 있다

기차는 떠났지만
기다림은
아직
출발하지 않았다.

조건 없는 사랑

쇼파 위로
새벽이 먼저 와 앉는다
문틈을 비집고 들어와
잠을 흔든다

넓은 창에는
아직 밤이 매달려 있고
아가의 숨소리만
새근새근
자장가처럼 흐른다

이리저리 뒤척이던
작은 꼬마 둘
장난꾸러기 울보는
꿈의 나라로
귀여운 공주는
잠의 무대로 떠났다

어슴푸레
새벽이 열리면
바라보는 할미의 두 눈엔
미소 한아름

주름진 얼굴 위로
따뜻한 빛이 번지고
말하지 않아도
늘 건네는
조건 없는 사랑

새해에도
건강하게
제 빛으로 자라다오
할미는 마음으로
두 손을 모은다.

내 어머니

해는 서산에 지고
어머니 가슴엔
찬바람이 분다

따뜻한 말 한마디
기다려도
세상은 고개를 돌린다

동쪽에
해 뜨던 날이 있었음을
잊지 말라
저문다고
가벼이 보지 마라

어머니에게도
불같던 청춘이 있었다
하늘을 찌르던 목소리
이글이글 타오르던 눈빛
온 생을 태워
자식을 키웠다

그 무거운 세월을
혼자 지고
달려온 날들
그래도
당신 곁에 남은
올곧은 자식 두니
어머니
외롭다 말하지 마소.

퇴근길

예쁜 눈썹달 하나
머리에 이고
차가운 밤바람을 맞는다

누구에게나 주어진 시간이지만
바삐 도는 시계가
때로는 고맙고
때로는 야속하다

행복의 끈을 놓은 채
스스로 만들어낸
고뇌의 길 위에서
각자의 인생을 걸어간다

행복은 어디까지
선을 그을 수 없으니
마음먹기 게임일 뿐
늦게 찾아온 하얀 잔설

희끗희끗
가로등 아래서
태양에 그을린 밤하늘
별빛만큼 반짝인다

오 분도 안 되는 거리
글 한 소절 끄적이며
층계를 오르고
별 탈 없이 하루를 접는다.

행복과 깨달음

몇 달을 갇혀 지내던 아가들
해방의 기쁨에
모래사장을 마음껏 뛰놀다
시간 가는 줄 몰랐다

하루를 보내기엔
바다는 늘 짧았다
안 가겠다고 떼쓰는 아이들을 안고
아쉬움을 접어
우리는 등을 돌렸다

서쪽 하늘이 황금빛으로 물들 무렵
연푸른 어둠이
도로 위로
서서히 내려앉고 있었다

이지러진 조각달
별 하나 데리고
쪼르르 마중을 나왔다
우리를 태운 차는
다시
어수선한 도심 속으로
미끄러지듯 들어갔다

언젠가는 지나가겠지
기다림보다 먼저 늘어나는
확진자 수는
보도를 타고 무섭게 흘러
대구에서
서울로 이어지고

아
좋은 세상인 줄도 모르고
불만만 품고 살았던 날들
순간순간이
얼마나 값진 시간이었는지
모든 것이 멈춰 선 지금에야
비로소
행복은
늘 곁에 있었음을
알게 된다.

동강 할매들

봄을 알리는 꽃
복수초와 노루귀 사이
피어나는 동강 할매들

짧은 날을 살듯
빛나게 피었다가
아름답게 사라진다

바람에도 굴하지 않고
눈보라에도 흔들리지 않으며
소리 없이 찾아와
소리 없이 떠난다

봄마다 짧은 날을 꽃 피우고
곱게 남긴 흔적은
햇살에 수줍어 고개 숙인다

땅 위 작은 몸짓 하나에도
삶의 굳센 의지와
묵묵한 품격이 스며 있다.

어렸을 적에

햇살이 가득 스며든 대청 끝에 앉아
바람결에 흔들리는 풀꽃에 눈을 맞추고
웃음소리 맴돌던 나뭇잎 사이로
세월은 그저 강물처럼 흘러갔다

정월 보름
소원을 빌며 바라보던 하늘은
그때도 지금처럼 넓고 푸르렀지만
지금 나의 생각엔 누군가에게
간절히도 두 손을 모았던 것 같다

작은 손으로 잡았던 꿈들은
허공으로 멀리 날아갔지만
때론 기억 저편에 살짝 접혀
아련한 바람을 타고 다시 날아오곤 했었다

나의 어릴 적,
그곳엔 늘 해맑은 나와
사소한 것에도 행복했던 시간이 있었다
지금도 내 마음 한편엔
그때의 내가 살고 있을지도 모른다.

제목 : 어렸을 적에
시낭송 : 최명자
스마트폰으로 QR 코드를 스캔하거나
유튜브에서 시인 이름과 시 제목을 검색하시면
작품을 감상하실 수 있습니다.

다시 그릴 수 있다면

제목 : 다시 그릴 수 있다면
시낭송 : 박영애
스마트폰으로 QR 코드를 스캔하거나
유튜브에서 시인 이름과 시 제목을 검색하시면
작품을 감상하실 수 있습니다.

다섯 개의 어린 별을 품고
자신의 빛을 감춰야 했던
어린 소녀가 있었습니다

가슴 가득한 책과 꿈 대신
작은 등 뒤엔
동생들의 울음과 웃음이 업혀 있었고

한 번쯤은
사랑받는 아이이고 싶었습니다
그 한 번쯤은
자신만의 세상을 그리고 싶었고
그 꿈마저 묻어야 했던 시절이 있었습니다

다시 그릴 수 있다면
소녀는 먼 하늘 바라보며 손가락으로
꿈을 그려냅니다
동그랗게 동그랗게

그러나 그 소녀의 손길 속에
다섯 개의 별들은 반짝이며 자랐고
자신 희생 속으로
소녀는 따뜻한 마음속에
행복을 키워내는
커다란 법을 배우며 자랐습니다.

할머니 내 이름

퇴근길이었다
누군가 부르는 소리에
깜짝 돌아보았다
조금 전 헤어졌는데
익숙한 목소리가
어디선가 들려왔다

언제부턴가
내 이름은 할머니
한때는 엄마였고
여보였던 젊음 속을 걸었다

이제 또 다른 나의 이름
할머니
손주들이 당당히 부르는 이름
할머니
세월 속에 묻힌 이름처럼
여보는
추억 속으로 사라졌다
이제 들을 수도 부를 수도 없는
이름 하나
그 이름 대신 할머니 이름을 얻었다

내게도
온화한 미소의 주인공
역사의 할머니가 있었듯
이제 내 이름에도
따뜻함을 채우련다.

장미 한 송이

어느 날
장미 한 송이가
눈앞에 불쑥 나타났다
그에게 처음 받아 본 꽃
코끝에 닿은 향이
말보다 먼저 마음에 스며들었다

당신에게 주고 싶었다며
가시에 스친 손끝이
붉게 물들어 있었다
그는 조심스레
꽃을 내밀었다

무슨 일이야
꽃은 내 손에 남고
그는
멋쩍은 미소만 두고
방으로 들어갔다

장미는 곧 졌지만
그날의 향은
지금도
마음 한켠에서
천천히 피고 있다.

오랜만에 쉼

바쁘다는 핑계로
몸 하나
뉘일 틈조차 없던 날들

수많은 인생의 조각들이
퍼즐처럼 맞물려
저만치 지나갔다

이제야
여유라는 이름의
나이에 닿은 것일까

봄 풍경을
눈 안에 가득 담고
따뜻한 햇살 아래
한가롭게
행복을
가슴에 안는다

이 순간
이 행복이
꿈이라면
부디
깨지 말아다오.

마음의 고향

그곳엔
어릴 적 뛰어놀던
추억이 있습니다

하늘에 그리던
꿈이 있었고
가슴에 품었던
희망이 있었습니다

이제는
바람처럼 화살처럼
초시계를 달아 놓은
시간에게 몸을 맡긴 채
삶을 살아갑니다

하나둘 늘어나는
주름을 세며
행복과 즐거움을
나누어 보자고
인생의 배를 저어
서쪽 노을로
저물어 갑니다

우리에게도
젊음이 있었건만
흘러간 세월 속에
머물러 있을 뿐

삶이란
덧없이 흘러가는
인생무상입니다

그곳엔 마음을 안아주던
마음의 고향이 있었습니다.

코비디19

하루 종일
갇혀 지낸 아이들이 안쓰러워
일찍 문을 닫았다

아이 손을 잡고
서울식물원을 걷는다

비슷한 마음이었을까
유모차와 작은 손들이
봄 길을 가득 메운다

이름표를 단 꽃들
제 자리를 지키며
환한 얼굴로 인사한다

호수의 물고기
바람이 전하는 봄소식
아이들은 마스크 너머로
숨은 이야기 참아낸다

언제쯤
우리는
예전으로 돌아갈까
그날의 봄은
완전하지 않아도
분명 앞에 와 있는데...

벚꽃 우정

친구들과 나선 꽃놀이
하얀 벚꽃들이
길 위를 행진한다

양수리 카페 길을 지나
퇴촌 귀여리 봄바람을 넘고
남한산성을 한 바퀴 도는 동안
시간은 꽃잎처럼 흩어진다

행주산성으로 달려
국수거리로 수다를 옮기니
국수 위에 얹힌 봄나물 향처럼
우정도 깊어간다

산 중턱 카페 창가에 앉아
따뜻한 대추차 한 잔
나누어 마시니

벚꽃은 바닥을 향해
눈처럼 흩날려도
우리의 웃음은
꽃잎보다 먼저 피어나
봄을 다시 흔들어 깨운다.

꽃들의 향연

어느 날
꽃들의 향연에
초대장이 날아들었다

손꼽아 기다리던 그날
가슴 뛰는 설렘을 안고
밤잠까지 설치며
검은 창문이 하얗게 밝혀지기를 기다렸다

아뿔싸
축제장은 이미
숲속 요정들을 담으려 모여든
인파로 북적였다

분홍빛 몸짓으로
향기를 토해내는
그대 이름은 노루귀

봉긋한 젖가슴을 닮은 새 아가꽃
보송보송 솜털까지 자랑하며
활짝 웃고 있었다

그들의 멋진 포즈와 속삭임에
나는 무릎을 굽힐 수밖에
뉘엿뉘엿
태양이 바다로 떨어질 때쯤
굽혔던 허리를 폈다

아
뿌듯한 마음 가득 안고 돌아오는 길
바다로 내려앉는 태양은
핑크빛 요정들만큼이나
아름다웠다.

결혼기념일을 맞는 딸에게

오월 햇살 아래
하얀 드레스를 입은 너
세상에서 가장 아름다웠던 그날
그 모습이 아직도 눈에 선하다

시간은 소리 없이 스며들어
두 아이를 품에 안은 너는
눈빛만 봐도 마음을 읽는
다정한 엄마가 되어 있구나

그리움도 기쁨도
차곡차곡 쌓인 너의 걸음이
어느새 내 발자국을 닮아간다

가끔 너의 뒷모습에서
나를 발견할 때
그때마다 마음으로
너를 조용히 안아본다

그러나 힘들 땐 꼭 기억하렴
너도 누군가의
사랑스러운 딸이라는걸.

제목 : 결혼기념일을 맞는 딸에게
시낭송 : 박영애
스마트폰으로 QR 코드를 스캔하거나
유튜브에서 시인 이름과 시 제목을 검색하시
작품을 감상하실 수 있습니다.

봄은 여인의 젖가슴

먼 산자락에 하얀 눈 녹으면
봄 처녀 아지랑이 갈아입고
그립던 연둣빛 설렘으로
조용히 봄 길을 걷는다

겨울이 남긴 꽃샘추위도
햇살 품어 녹아내리고
가만히 귀 기울이면
산골짝 개울 따라 봄이 흐른다

졸졸 속삭이는 실개천 따라
버들강아지 살며시 눈을 뜨면
긴 겨울 품었던 짖무넘에도
분홍빛으로 물이 오른다

봄이여! 봄바람이여!
꿈틀대는 가슴에 숨은 영혼까지
설레움이 요동치면
여인의 옷고름 사이로 꽃 바람이 인다.

영원히 기억하겠습니다

해마다 유월이 오면
태극기 휘날리는 하늘 아래
현충원을 찾아
당신의 묘 앞에 국화 한 아름 올립니다

총성이 오가던 그곳
핏빛으로 물들던 그날
조국이라는 이름 아래
당신은 말없이 쓰러지셨지요
그날의 총성은
지금도 내 마음에 울려 퍼집니다

아버지
그 이름은 내 가슴속에서
언제나 그리움으로 피어납니다
당신이 지켜낸 이 땅 위에서
우리는 자유를 누리며 살아갑니다

그 자유가 얼마나 귀하고 값진 것인지
그 숭고한 희생 앞에
오늘도 머리 숙입니다

당신의 희생
당신의 나라 사랑
영원히 기억하겠습니다.

바람난 여인 (얼레지)

숲은 아직
겨울의 그림자를 거두지 못했다

낙엽 틈을 비집고 올라온
보랏빛 하나
단정히 틀어 올린 머리
햇살을 향해 젖힌 목선

숨겨 두었던 향기마저
봄빛에 맡긴다

무리 속에 서 있으되
유난히 고고한 기품

바람에
가늘게 떨리는 꽃잎
요정의 날개를 닮았다

아름다움은
긴 겨울을 통과한 영혼에게만
허락되는 빛이다.

비의 향기

이렇게 비 오는 날엔
우산 속에 수많은 이야기들이
조용히 내린다

그윽한 눈빛
미소 짓는 입술
그대의 온기까지
내 마음 깊이 내려앉는다

바람에 실려 오던 그날의 향기
젖은 골목길 따라 남은 발자국
내 어깨 위 조심스레 얹히던 손길
모든 순간이
지금도 빗소리에 섞여
다시 내게로 온다

거리마다 반짝이는 물웅덩이 위로
흘러가는 빗방울 하나하나에
그때의 웃음
조용히 스며든 사랑의 흔적이
서로를 찾는 마음처럼 흔들린다

우산 속 좁은 공간 안에서
말없이 나누던 손끝의 온기
말하지 않아도 전해지던 눈빛
그 모든 것이
지금도 내 마음속에서
비처럼 내리고 있다
그에게도
우산 속 이야기가
남아 있을까.

손깍지 친구

목이 마르다며
슬그머니 교실 문을 나서던
손깍지 친구

점심시간이 훌쩍 지나
다시 돌아오던 너를
그때는 몰랐다

수도꼭지에 오래도록
입을 맞추고 있던
그 이유를

우물가
플라타너스 한 그루
온 삼년
말없이 너를 덮어 주던 날들

지금도 기억 속에
추억되어 서 있는데
너는 지금 어디서
노을빛처럼 익어가고 있을까

보고 싶다
손깍지 친구야.

내 사랑아

한때는 세상을 다 가진 듯
너를 안고 웃었고

한순간 모든 걸 잃은 듯
너를 놓고 울었다

죽을 만큼 아리던 이별도
세월 따라 희미해지지만

가슴 깊이 스며드는 그리움이
사랑이었음을 너를 잃고 알았다

하늘이 한 번만 기회를 준다면
당신과 후회 없이 살아보고 싶어

문득문득 네 생각이 스치면
어느새 눈가에 고이는 눈물

사랑아 사랑아
내 사랑아.

제목 : 내 사랑아

눈물 속에 피운 꽃

꽃다운 나이에 홀로되셔서
육 남매를 두 팔로 품고
말없이 우리를 키워내신
어머니 나의 엄마

그때는 몰랐습니다
그 길이 얼마나 외롭고
얼마나 힘든 길이였는지
이 나이가 되고서야
비로소 철이 듭니다

전설의 우렁각시처럼
모든 걸 내어주고도
미소 짓던 어머니
오직 사랑만으로 키워낸
눈물 속에 피운 꽃이었어요

사랑합니다 어머니
고맙습니다 어머니.

내 인생의 마지막 꽃

겨울 끝자락에 피어난 소중한 꽃
시들지 않은 전설의 꽃 아마란스처럼
가슴 한편에 자리하고 피어납니다

하루에 한 번
그대의 숨결을 떠올리면
내 마음은 잔잔한 호수가 되고

일주일에 한 번
그대의 눈을 마주하면
온 세상은 그대의 향기로 가득합니다

잎새에 매달린 한 방울의 이슬처럼
햇살을 품고 사라질까 두려워
순간의 여운을 가슴 깊이 품고
사랑이 흐르는 이 길을 걸어요

바람이 스치면 사라질까 두려워,
그대 없는 날엔 길 잃은 구름처럼
바람 되어 서성입니다

험난한 파도가 밀려와도 흔들리지 않고
이 사랑 지키고 싶어
잡은 손 놓치지 않을래요

세월이 흘러 서로가 볼 수 없을 때에도
잊지 않을 이름 가슴에 새긴 채
불러보는 마지막 사랑

고마워요 고마워요
내 곁에 있어 줘서
사랑해요 사랑해요
오늘도 당신 생각 가슴에 안고
행복을 향해 달려갑니다.

제목 : 내 인생의 마지막 꽃

자식의 기도

어머니
오늘도 당신의 이름
마음으로 불러봅니다

기다림에 지칠까
당신을 향해 달려가지만
눈 맞춤으로
짧은 발길을 돌린 날들이
쌓여 갑니다

모시지 못한 시간
속죄의 마음으로
두 손을 모아봅니다

계시는 날까지
건강하게 세월을 건너주세요

자식은 곁에 없지만
어머니 창가에
오늘도 머물다 갑니다.

막걸리 한잔

뽀얀
탁배기 한 사발
가득 따라
탁자 위에 내려놓는다

보고파도 그리워도
삼켜야만 했던
옛이야기들이
추억속으로 흐른다

그날이 오면
네가 차려주던
미역국 냄새가
먼저 달려와
눈시울을 적신다

오늘 밤
유난히 네가 그리워
탁배기 한 잔 기울이며
가슴을 쓸어내린다.

그날이 오면

세월이 흘러
빛바랜 사진처럼
추억마저 흐려지려 할 때

머나먼 그곳이
더는 그립지 않은
그때가 오면

네가 두고 간 모든 것들이
정말 아무렇지 않아질 때
슬픔을 조용히 거둘 거야

어느 책 주인공이
너를 닮아
가슴이 아려 와도
혼자라는 외로움이
무뎌질 즈음엔

떠난 것조차
잊히는 그날이 오면
비로소
미소(微笑)를
불러 올 거야.

천년의 사랑

밤새 비바람이 찾아와
창문을 모질게 흔들더니
능소화가 바닥에 뒹군다

얼마나 떨었던지
온통 눈물로
바다가 되었다

꽃잎에 맺힌 이슬
보석처럼 영롱하고
기다림에 지쳐
꽃이 되어버린
어느 소녀의 사랑

천년이 흘러도
가슴에 품은 사랑은
아픔으로 남아
그리움이 되었다.

이젠 보내야 할 때

밤새 내린 눈이
창가에 앉아
소리 없이 새벽을 깨운다

세상 하얗게 덮어
네 맑은 영혼까지
흔들어 깨운다

온 삼 년
빈 가슴 홀로 지키며
그리움 끌어안고 지새운 날들
보내고 싶지 않아도
이젠 보내야 할 때

아쉬움에 목 놓아 울어도
두 눈은 이미 멀어
지난 세월
추억으로 흐려져 간다

이젠 가야지
떠나와야지
아무도 밟지 않은 눈 위로
여명이 눈뜨기 전에.

늦둥이 막내

아기 소품을 챙겨
병원으로 향하던 10월 04일 아침
늦은 출산이라
큰 아이와는 달리
마음은 자꾸 가라앉았다

통증 끝에 눈을 뜨니
하얀 병실
"아기는요?"

작은 이불에 싸여
내 품에 안긴 순간
봄눈처럼 통증은 녹아내렸다

새근새근 잠든
아기 천사
하늘이 내게 준
선물이다.

천사의 생일

10월 4일
우리 집에 내려온 천사

조물조물 씻은 미역으로
뽀얀 국을 끓이고
하얀 밥을 짓는다

사랑 한 접시
기쁨 한 그릇
꿈속 아가를 깨워
생일 축하 노래를 부른다

온 식구의 눈빛을
한 몸에 받으며 자란 막내
생일 축하한다

우리 집에 웃음을 심어 준 아이야
어느새 대학생이 되었지만
아직도
내 눈에는 품 안의 별

열두 해 차이로 만난 인연
그 긴 기다림 끝에 온 선물
사랑한다
우리 집 막내 천사.

침묵이 꽃으로 피기까지

말하지 못한 말들이
가슴 한켠에
돌처럼 굳어 있던 시간

웃음 뒤에 접어 두고
괜찮다는 말로 덮으며
홀로 건너온 세월

아무도 보지 못한 자리마다
젖은 눈물 아래
작은 숨 하나씩
움트고 있었다

침묵은 사라지지 않았다
소리 내지 못한 마음이
끝내 향기를 품어
꽃이 되었다.

제목 : 침묵이 꽃으로 피기까지
시낭송 : 박영애
스마트폰으로 QR 코드를 스캔하거나
유튜브에서 시인 이름과 시 제목을 검색하시면
작품을 감상하실 수 있습니다.

침묵이 꽃으로 피기까지

임현옥 시집

2026년 3월 16일 초판 1쇄
2026년 3월 18일 발행
지 은 이 : 임현옥
펴 낸 이 : 김락호
디자인 편집 : 이은희
기 획 : 시사랑음악사랑
연 락 처 : 1899-1341
홈페이지 주소 : www.poemmusic.net
E-Mail : poemarts@hanmail.net

정가 : 13,000원
ISBN : 979-11-6284-637-7